JULIEN DE PAULMIER,

PAR

Victor-Evremont Pillet,

Régent de Rhétorique au Collége de Bayeux, et membre
de plusieurs Sociétés savantes.

BAYEUX,

Imprimerie de St.-Ange Duvant fils et Cᵉ.

1850.

JULIEN DE PAULMIER.

I.

Julien de Paulmier, et non pas le Paulmier, comme on l'imprime partout, naquit près de Saint-Lo, en 1520. Il était d'une famille noble et ancienne. Il fit ses études de philosophie et de médecine à Paris, où il suivit onze ans les leçons de Fernel. Il reçut d'abord le doctorat dans l'Université de Caen, ensuite à la faculté de médecine de Paris. Puis il commença à pratiquer son art, et passa bientôt pour un des plus habiles médecins de son siècle. Sa réputation toujours croissante le fit appeler auprès de Charles IX, que tourmentaient des insomnies continuelles, et il eut le bonheur de le guérir. Ce succès lui valut les faveurs de la cour. Julien de Paulmier fut attaché comme médecin au duc d'Anjou, qu'il accompagna dans les Pays-Bas, et il lui fut fort utile en quelques occasions importantes. Il suivit aussi le maréchal de Matignon à plusieurs siéges, où il ne montra pas moins de prudence, de valeur même, que d'habileté dans son art. Il épousa Marguerite de Chaumont, femme d'un esprit distingué, à qui Michel Montaigne adressa un exemplaire de ses *Essais*, par une lettre qu'on a conservée. Il était, comme elle, de la religion réformée. Sur la fin de ses jours, il se retira avec elle à Caen ; car depuis le massacre de la Saint-Barthélemy, où il avait vu périr un grand nombre de ses amis, il était affecté de palpitations de cœur et d'hypocondrie, Il se guérit par l'usage du cidre. Voici comment Jacques de Cahaignes raçonte le fait : « Durant la première guerre civile, Julien de Paulmier, se sentant menacé de phthisie, à cause d'une vieille défluxion qui luy tomboit du cerveau sur le poulmon, print le loisir de revoir la Normandie , dont il estait natif, espérant que l'air marin plus grossier que celuy de la France , lui pourroit apporter quelque changement en sa maladie. Or, estant de séjour, et voyant ceux qui usoyent de sidre estre pour la plupart bien nourris et en bonpoint, il pensa qu'il luy pourroit aussi beaucoup aider, en modérant la chaleur de son foye, et réprimant les vapeurs du sang qui luy sembloyent fournir de nourriture à sa fluxion, et estre la première cause et vraye source de tout son mal. En quoy il ne fut deceu de son opinion, car il n'eut pas plus tost changé le vin en sidre, médiocrement trempé d'eau, et délaissé toutes choses désiccatives qu'il apperceut la défluxion se diminuer peu à peu, et tout le corps reprendre sa nourriture et son premier embonpoinct. » C'était un motif pour s'occuper du cidre, auquel il avait tant d'obligations. Julien de Paulmier, publia donc un *Traité* dans lequel cette boisson est placée au-dessus du vin. Cet habile praticien mourut, à Caen, au mois de décembre 1588, à l'âge de 68 ans (¹). Sa femme lui survécut, et il laissa plusieurs enfants, dont le plus jeune se distingua par son érudition.

On a de Julien de Paulmier ;

1° *Traité de la nature et curation des plaies de pistolle, arquebuse et autres bastons à feu.* Paris, 1569, in-8°; Caen, même année, in-4°. Dans l'épître dédicatoire à J. de Matignon : « Cet œuvre est si petit, lui dit-il, que je ne l'eusse séparé des autres que j'ai faits sur toute la chirurgie , ni mis en langue vulgaire contre ma coustume et délibération, n'eust esté pour vous faire entendre combien je me répète vostre *attenu* (obligé). » Cet opuscule est très-rare.

2° *De morbis contagiosis libri VII.* Paris, 1578, in-4°. Les deux premiers livres traitent de la maladie vénérienne; le troisième, du mercure; le quatrième, de l'éléphantiasis; le cinquième, de l'hydrophobie, et les deux derniers de la peste. Cet ouvrage a été traduit en français par Jacques de Cahaignes, et imprimé, à Caen, chez Pierre Le Chandelier, en 1580.

(¹) Voici ce qu'en raconte le président La Barre dans son *Formulaire des Esleuz*, pag. 568-9 : « Usant de sidre le médecin Paulmier menacé d'une pthysie, par une fluction, qui luy tomboit sur les poulmons, prévint son mal, le surmonta, et vescut encore fort longuement, jusques à ce que d'une extrémité en l'autre, par rop de réplétion, une apoplexie nous l'osta, au grand regret de ses amis. Car de son art il estoit fort secourable, et pour ce on lui peut donner ce tesmoignage :

> Le médecin Paulmier fut heureux en ses cures ,
>
> A vivant obligé infinis créatures ,
>
> Et ore combien que mort, ne peut mourir sa gloire ,
>
> Des humains les bienfaits continuent leur mémoire. »

3° *De vino et pomaceo libri duo.* Paris , 1588, in-8°. Ce traité, copié par La Framboisière (OEuvres de N. Abraham de La Framboisière, conseiller et médecin du Roy, Lyon, M.DC LXIX, in-folio, pag. 84 et suiv.), a été traduit par J. de Cahaignes, Caen, 1589, in-8°. C'est un des plus anciens ouvrages qui aient été publiés sur le cidre. Ce curieux opuscule renferme des faits utiles. Aussi allons-nous le remettre en lumière par une analyse détaillée et de longues et nombreuses citations.

Voici le titre du livre de Julien de Paulmier :

JULIANI PALMARII DE VINO ET POMACEO LIBRI DUO.

La traduction est intitulée :

TRAITÉ DU VIN ET DU SIDRE,

Par Julien de Paulmier, docteur en la faculté de médecine à Paris ; à Caen, chez Pierre Le Chandellier, 1589. Cet ouvrage est très-rare.

Cette traduction est sans nom d'auteur ; mais Huet nous apprend qu'elle est de Jacques de Cabaignes : « Jacques de Cahaignes, dit-il, médecin dans l'Université de Caen, dont il fut recteur, avait pris des leçons de Julien de Paulmier. Il fut aussi professeur royal dans la faculté de médecine de Caen. Il traduisit du latin en françois le livre de Julien le Paulmier sur le sidre. »

L'ouvrage latin, comme la traduction, débute par une épître dédicatoire à M. Le Jumel de Lizores, conseiller du Roy en son conseil d'Estat, et président en sa court de parlement à Rouen. Julien de Paulmier y dit où et pourquoi il a composé son livre :

« Cùm ante annos duodecim in Neustriâ natali solo valetudinis causâ agerem, ut tempus et otium, in quo præter consuetudinem, versabar, fallerem, quicquid a veteribus de vino variis libris proditum est, scitu imprimis dignum, in commentariolum contraxi. » Puis ce discours parachevé, traduit J. de Cahaignes, j'ay pensé devoir ce service à mon pays de tesmoigner ce que l'expérience m'a appris sur l'usage du pommé, que nous appelons sidre, qui est un breuvage de tout temps usité en Normandie et en Biscaye, tant pour réfuter le mauvais jugement que plusieurs en font, et ceux entr'autres qui aiment le vin plus pour le plaisir que pour la nécessité; que pour monstrer aussi aux François et à tous autres qui l'ont ignoré jusqui'ci, combien l'usage en est bon et salutaire. Joint que je portois il y a longtemps assez impatiemment que l'honneur et la commodité de ce bruvage demeuroit si longtemps à couvert, veu que Hipocrate avoit bien pris la peine d'escrire exprès en la louange de l'orge, ct Caton de faire un discours à part en faveur du chou, et des divers biens qu'il apporte. Et pourtant afin que le sidre vienne en cartier, et puisse servir aux sains et aux malades auxquels il sera plus propre et plus naturel, au lieu de vin ou de bière ; j'ai bien voulu ajouster au discours du vin, un autre du sidre, du poiré et de la bière, et donner l'un et l'autre au public. »

Le Traité de *vino* et *pomaceo* est précédé de quelques pièces de vers latins à la louange de Julien de Paulmierr La traduction, outre ces mêmes vers, contient une ode française de Pierre Gondouin. « J. de Cahaignes, dit Huet, dans ses *Origines* de Caen, pag. 351, met au rang des illustres citoyens de Caen Pierre Gondouin, poête françois. Si ses ouvrages avaient vu le jour, nous pourrions juger si ses vers méritaient les louanges que ce bon médecin leur a données d'être polis, agréables, piquants même et pleins d'un sel acre, lorsque l'auteur était irrité et propres à lui acquérir une grande réputation. » Nous extrairons de cette ode quelques strophes, pour montrer que l'influence de Ronsard se faisait encore sentir à Caen, en 1589, au moment même où Malherbe *était venu*, selon l'expression de Boileau.

ODE

A M. PAULMIER, SUR SON LIVRE DU SIDRE.

. . . .
Je voy nostre peuple normand,
Qui çà et là friandement,
Une estrange boisson mandie,
Sans encore avoir bien gousté
Le nectar à lui dégoutté
Dans sa fertile Normandie.
. . . .

Desvoillons doncques le bandeau
Dont ce fumeux trouble-cerveau
Tient nostre veüe ensommeillée;
Pour cognoistre parfaitement
Le précieux emmannement
Dont la Normandie est comblée.

Qu'on t'escoute, docte Paulmier,
Toy qui nous chantes le premier,

Les précieux fruicts qu'elle donne.
Qu'on lise dedans tes escrits,
Lequel doit emporter le prix,
Ou de Bacchus ou de Pomone.

Qu'on voye comme sagement
Tu poises le tempérament
De ta liqueur jaune-dorée,
Contre le corosif du vin,
Dont le Silénien mutin
Enyvre sa troupe altérée.

. . . .

Ïo, Paulmier; je voy desjà
La vigne, que le François a,
De vignerons abandonnée!
Et semble à veoir ses longs rameaux
Traîner boueux sur les costeaux,
Qu'elle soit toute contemnée!
. . . .

Que les Normans à l'advenir,
Se puissent tous jours souvenir
Mieux qu'à Bacche te faire feste;
Et qu'au lieu du cri enroué
D'ïach, d'ïaha, d'évoë,
Ton nom se chante à gorge ouverte!

Que comme au Thyase vineux,
Un petit sarment pampineux
Entouroit le bachique thyrse,
Chacun d'eux porte, en te chantant,
Le rameau que tu vas vantant,
Et dont nostre terre est nourrice.
Ainsi, Paulmier, docte sonneur,
Qui premier as chanté l'honneur
De la riche forest pommeuse,
Tu seras en elle honoré,
Et comme un Neptume adoré
Dodans ta jaune mer sidreuse.

II.

Dans l'analyse et les extraits que nous donnerons du Traité de Julien de Paulmier, nous nous servirons de la traduction de J. de Cahaignes, afin de faire connaître l'état de la langue française à cette époque. Le premier livre de l'ouvrage traite du vin. On dit ce que c'est que le vin. Mais quel en fut l'inventeur? Chez les anciens, les avis sont partagés. C'est Noé, dit la Bible. Nicandre de Colophon prétend que c'est OEno. C'est Icare, selon d'autres. Si l'on en croit Athénée, c'est Oreste, fils de Deucalion, qui régna près de l'Etna. « Quant à mon avis, dit J. de Paulmier, dès le commencement du monde, la vigne a pris sa naissance avec les autres arbres fruitiers, encore que nos premiers pères ayent ignoré l'usage du vin, jusques au temps de Noé : et qu'ainsi soit, il est certain qu'en l'Amérique et en la Floride, mesme presqu'en toutes les autres provinces, naguères descouvertes, les vignes croissent fort belles, sans l'industrie de l'homme, et portent fort bons raisins, combien que l'usage du vin jusques à ce siècle soit demeuré incogneu aux habitants. »

L'auteur passe ensuite aux propriétés médicinales du vin. Il condamne le vin nouveau, et fait l'éloge du vin vieux; il en vante les vertus. « Or, comme le vin, dit-il, est à bon droit préféré aux autres breuvages, aussi apporte-t-il plus d'incommodités que nul autre, par sa quantité, qualité, ou évaporation. »

Puis suit l'énumération des mauvais effets que

produit l'excès du vin. Ensuite l'auteur s'occupe de la différence des vins.

« Nous considérons au vin, dit–il, la couleur, la saveur, l'odeur, la faculté et consistence, dont on tire ses principales différences. » L'auteur signale les bonnes et les mauvaises propriétés de ces différentes espèces de vins.

« Reste maintenant, dit Julien de Paulmier, à traiter sommairement des différences des vins françois, dont nous buvons ordinairement à Paris, prinses de la diversité des régions et provinces où ils croissent. » C'est par là qu'il termine son premier livre ; dans le second, il s'occupe du cidre, du poiré et de la bière.

III.

Jacques de Cahaignes s'est montré traducteur assez fidèle, dans le premier livre qui traite du vin ; mais dans le second, qui est relatif au cidre, il paraphrase plus qu'il ne traduit ; il a fait même d'importantes additions. Il n'y a rien là d'étonnant. Jacques de Cahaignes était le champion déclaré du cidre ; il rompit, en janvier 1587, une lance contre Jean Riolan, médecin et professeur à Paris, qui « s'oublia, rapporte le président La Barre (*Formulaire des Esleuz*, pag. 564), de dire en une de ses leçons à Paris que les pommes et usage du pommé engendraient la lèpre en Normandie. Le docteur Cahaignes, médecin de Caen, le sceut fort bien relever, et, vengeant l'injure faite à sa patrie, lui remonstrer que les pommes ny le sidre ne traînoient point cela de vice avec eux, n'y

ayant en Normandie beaucoup moins de ladres qu'ail-
leurs. Les ladreries y sont ores presque toutes dé-
sertes.» J. de Cahaignes prend la chose au sérieux, si
nous en jugeons par la réparation qu'il exige de Jean
Riolan : « Finiam ergo, si prius duo a te postulavero :
unum, ut mihi de violatâ Normannorum famâ satisfa-
cias. Satisfeceris autem, si te mihi per literas purgave-
ris. Hâc enim levissimâ pœnâ ero contentus ; quamvis
injuria publicè illata, publicè deberet expiari. Alte-
rum, ut falsam, quam de nostro pomaceo concepisti
opinionem, nec ratione, nec experientiâ stabilitam
deponas, et ingenuè tuum errorem confitearis. » Jean
Riolan lui fit une réponse qui ne le satisfit point,
comme on le voit par une lettre qu'il écrivit, en fé-
vrier 1588, à G. Lusson, médecin à Paris : « Neque
legitima est, quam Riolanus attulit, excusatio. Non
enim quicquam de pomaceo, nisi usu compertum, et
ratione stabilitum debuit in medium afferre. » Ces
trois lettres se trouvent à la fin de la traduction française.

J. de Cahaignes a fait précéder d'une *Apologie du
translateur* contre *l'usage du vin et du sidre sans
eau*, sa traduction du second livre, qu'il a divisé en
chapitres, ce qu'avait négligé l'auteur latin.

Ce que c'est que le cidre et le poiré ; comment se
fait le cidre ? Le gros, le petit. Quand doit-on cueillir les pommes? Voilà la matière du premier chapitre. Ce qui se pratiquait alors, se fait encore aujour-
d'hui La préparation du cidre n'a pas fait de progrès
depuis cette époque. Quel fut l'inventeur du cidre ?

Tel est le sujet du deuxième chapitre. « Il est vray-semblable que l'invention du sidre soit fort ancienne, veu que de temps immémorial l'usage en est en Bis-caye, et en ceste province de Normandie. Mais il est autant impossible de dire qui en ait esté le premier inventeur qu'il est difficile de composer le diffé-rent qui est entre les Normans et Biscains, pour la première possession, que l'une et l'autre partie se prétend attribuer; de quoy toutes fois jamais homme, que je sache, n'a laissé aucune chose par escrit..... Il pourroit néantmoins sembler que le sidre n'estoit anciennement si commun en Normandie qu'il est de présent : d'autant qu'il ne se trouve monastère, 'ne chasteau, ne maison antique, où il n'y ait vestiges manifestes et apparentes ruines des brasseries de bière qu'on y souloit faire pour la provision ordinaire. Et n'y a pas cinquante ans qu'à Rouen et en tout le pays de Caux, la bière estoit le boire commun du peuple, comme est de présent le sidre; mais il estoit bien rai-sonnable que la bière cédast à une liqueur si plai-sante et si salutaire qu'est le sidre, comme il faudra qu'estant cogneu par les médecins qu'il prenne pied par toute la France. Autrement quelle faute seroit-ce aux médecins de rechercher si curieusement et avec tant de fraiz, tant de remèdes jusques aux entrailles de la terre, et mespriser cestuy-ci, qui est si plai-sante et si excellente médecine d'une infinité de ma-ladies? Quelle paresse seroit-ce aux hommes de se priver d'un boire si bon, qui peut croistre sur les che-mins et ès ceintures de leurs closages, sans despense et sans fraiz avec bien peu de diligence ? »

Jacques de Cahaignes ajoute au texte latin ces quelques lignes : « Les Costentinois en ont cogneu premièrement l'usage par deçà, ce qu'on peut entendre par les plus vieilles et antiques fieffes de leurs terres, faites aux charges et conditions de cueillir les pommes et faire les sidres. » Les chapitres trois et quatre traitent de la *Température* et *des vertus et propriétez singulières du sidre*.

Le cidre est une excellente boisson, meilleure que l'eau, meilleure que le vin et la bière. Le cidre se digère facilement ; il nourrit, fortifie et réjouit l'homme. « Il resjouit aussi et est cause de liesse, par le moyen d'une vapeur tempérée et familière à la nature, laquelle se respand promptement par tous les membres, voire s'insinue jusques aux veines et artères et ès ventricules du cœur, réprimant, dissipant et corrigeant toute vapeur ou fumée mélancholique. C'est pourquoy nos ancestres ayans remarqué ceste vertu et faculté ès pommes odoriférantes et en leur jus, nous en ont composé un syrop pour les mélancholiques, que les apothicaires dispensent par toute la France et gardent en leurs boutiques. Outre ce témoignage de l'antiquité, nous avons assez expérimenté en la curation d'une infinité de mélancholiques, hypochondriaques, et en moy mesme quelle est l'efficace du sidre à la correction de l'humeur melancholique, fait par adustion de cholère et de tous ses accidents. Car ayant esté fort travaillé trois ans entiers d'une palpitation de cœur et d'autres accidents familiers aux mélancholiques hypochondriaques, après avoir observé régime exquis, corrigé par tous moyens possibles et purgé souvent l'humeur mélancholique bruslé, je ne me suis du tout remis en mon naturel, jusques à ce que m'estant retiré en Normandie, pour la fureur des guerres civiles, j'aye commué l'usage du vin en sidre, lequel m'a tellement et en peu de temps restabli en ma première santé, qu'il ne me reste aucun vestige de la précédente maladie, laquelle néantmoins plusieurs estimoyent incurable.

Le sidre est excellent remède de toute syncope ou foiblesse excitée de grande évacuation, pour les esprits dissipez qu'il répare incontinent. Il provoque aussi le sommeil et rend le dormir doux par la bénignité de sa vapeur, voire beaucoup plus que le vin françois. Il y a davantage qu'il tient ordinairement le ventre plus mol que le vin, parce qu'il humecte.

Il fait abondance de laict aux nourrices, voire corrige le vice de leur sang, si elles avoyent esté nourries de vin ou de bière auparavant : tellement que les princes et grands seigneurs devroient estre bien curieux d'en faire user aux nourrices de leurs enfants, pour les exempter de tant d'inconveniens que l'usage du vin leur attire.»

Dans les chapitres cinq, six et sept, l'auteur s'occupe de la *différence des sidres.*

Le huitième chapitre appartient tout entier à J. de Cahaignes. Il y donne la nomenclature fort détaillée de plusieurs variétés de pommes. Comme il peut intéresser la pomiculture normande, je vais le transcrire en entier.

Chapitre VIII.

Quelles sont les plus excellentes pommes à faire sidre ?

Les meilleurs sidres de la Normandie se trouvent en Cotentin, et en premier lieu à Beuzeville sur le Vé, chez le sieur duquel lieu se trouve *Chevalier*, pomme rayée de rouge, grosse comme un œuf ou plus, aigrette comme passe-pomme, mais plus succulente, de couleur un peu vermeille au-dedans. Le pommier est moyen et de menu bois.

Pomme-poire est plus longue et plus ronde que *Chevalier*, ayant néantmoins mesme goust et presque mesme couleur au dedans et autant de jus. Le pommier est moyen, mais plus rond que le précédent. Le sidre de ces deux espèces de pommes pillées ensemble est si peu coloré qu'il serait pris pour poiré, si on n'en goustoit. Il est si clair et si transparent qu'on verroit un ciron dedans ; il estincelle fort au voirre et est prest à boire deux ou trois mois après sa façon. Il est clair, subtil et apéritif comme vin blanc , sans toutes fois offenser le cerveau par ses vapeurs, et sans trop eschauffer le foye, encore qu'on le boyve sans eau : autant différent des autres bons sidres plus grossiers, que sont les plus petits vins françois et le plus petit vin d'Aï d'avec celuy d'Orléans. Il est fort salutaire pour tout homme de lettres et d'estat et qui vit en repos , principalement pour ceux qui sont de complexion chaude, sèche et cholérique, et peut estre permis aux fébricitans, en le trempant de moitié d'eau, ou pour le moins du tiers.

Amer-doux-blanc, pomme blanche, assez grosse et longue, quelque peu côtelée. Le pommier fleurit des derniers, et néantmoins la pomme est des premières meures, de sorte que le sidre s'en peut faire à la my-septembre : lequel toutes fois est fort tardif à se cüire et purifier, et partant se peut garder en sa bonté jusques à la seconde année. Ce sidre est des plus excellents et plus beaux; mesme des plus forts et vigoureux : c'est pourquoy ceux qui veulent vivre en bonne santé n'en doyvent boire sans le tremper, plus ou moins, selon leur complexion : c'est le plus nuisible au cerveau de tous les sidres.

Amer-doux-verd, est tardif, de fleur incarnate et belle; la pomme est meure à la Toussaint : le sidre est excellent et fort vigoureux, mesme la seconde année, et ne doit estre beu sans eau, principalement de ceux qui sont subjects à catharres et à fièvres.

Menuet, petite pomme jaune et blanche et quelque peu rouge, laquelle croist en grappe et tient fort à l'arbre; elle est douce, mais peu succulente; le sidre en est excellent et de grande nourriture.

Doux-bel-heur, belle pomme et grosse, ronde et courte, ayant la peau dure. Si on veut attendre sa maturité, le sidre ne sera fait plus tost que le Caresme. Estant meure, elle a une douceur sucrée; le sidre est fort clair et jaune, des meilleurs jusques à la seconde année.

Doux-balon, pomme verde, ronde et molle comme une balle ou pelotte, grosse, belle et douce, qui fait fort bon sidre.

Pomme de Soucy, petite et rouge, bonne à manger crue, laquelle néantmoins fait sidre excellent, qui se peut garder deux ou trois ans. Il se doit faire en octobre; le pommier est petit.

Avoyne, pomme douce, belle et grosse qui fait sidre bien clair, et néantmoins de longue garde, comme de deux ou de trois ans, principalement si elle estoit meslée avec pomme de *feine*.

Jean-Almy, pomme jaune, douce et belle, fait sidre excellent ; mais si elle est trop meure, trop pillée ou pressée; il est ordinairement chargé de flottons.

Pomme de Sainct Gilles, est verde, belle et douce, comme si elle estoit sucrée; elle a la queue longue, et charge le pommier jusques au gros de l'arbre.

Pomme de Rouget, grosse et ronde; le sidre est haut en couleur et fort excellent, et est le pommier de bon rapport.

Oger, pomme surette ou aigrette, de bonne odeur; et plus plaisante à manger crue que *passe-pomme*, et qui fait néantmoins sidre clair et de très-salutaire usage.

Cousinette, petite pomme rouge, bonne à manger crue et à faire sidre; elle se garde jusques à Pasques et fait le sidre clair et subtil.

Pomme-cire, est douce comme miel; le sidre d'icelle se doit faire à la my-aoust, et est des premiers déféquez.

Turbet ou *Turbat-caput*, petite pomme, douce, blanche. Le sidre est assez bon; mais il donne fort à la teste, dont la pomme a prins son nom. Le pommier monte en haut et est tost parcreu. La greffe de ceste espèce a ceci de propre, à ce qu'ils en disent, qu'elle redresse le pommier sur lequel elle est entée, s'il estoit tortu.

Greffe de Monsieur, c'est une sorte de grosse pomme douce, de la dernière fleuraison , et de la première maturité entre les bonnes. Le sidre se fait au commencement de septembre. Les greffes ont esté naguères apportées de Biscaye. Monsieur de l'Estre, à deux lieues de Valongnes, a esté le premier qui les a entées, à ce que j'ay entendu au pays.

Court d'Aleaume, comme la précédente , des dernières fleurs; et de la première maturité; pomme moyenne, blanche, amère et sèche, preste à sidrer en septembre. Le sidre est jaune et beau et excellent.

Barbarie de Biscaye, grosse pomme longue, verde et rousse, rellée, douce–amère , fort bonne à manger cuite. Le sidre est des meilleurs, mais trop grossier, si l'on n'y en mesle d'autres qui le clarifient. Il s'en trouve à Piquauville chez Monsieur de la Haulle, près le Bourg–l'Abbé en Costentin.

Espice. A Morsalines, près la Hogue en Costentin, il y a une espèce de pommes qu'ils appellent d'*Espice*, desquelles on fait sidre si excellent que il est par dessus les autres. Le feu grand Roy François, passant par là en l'an mil cinq cens trente deux en fist porter en barraux à sa suite, dont il usa tant qu'il peut durer.

Belle-fille , grosse pomme blanche et douce, bonne à manger; elle fait fort bon sidre ; mais elle est peu succulente.

Escarlate, pomme moyenne, toute rouge comme sang, mesme au-dedans en la morsure, pleine de petites veines qui semblent contenir du sang, tant elles sont rouges. Le sidre est fort jaune, tirant sur le rouge. Le pommier est large et en roue, non haut. Le sidre se garde doux deux ans; il est espais au commencement; mais dans le six ou septième mois estant bien paré ou déféqué, il devient doux et piquant et ressent fort la canelle. On le fait à la my-octobre. On n'en doit boire sans eau, si l'on désire vivre longuement en bonne santé.

Becquet, petite pomme verde en l'arbre, et en sa maturité jaune comme or. Le pommier est grand et estendu; mais de menu bois; le sidre est de couleur d'ambre, orangé, transparent et fin; il demeure doux un an, et de là en avant, il est du goust commun des bons sidres, sans douceur, demeurant bon à boire jusques à la troisième feuille, sans surir ou aigrir; on le fait environ la my-octobre.

Ameret, ressemble fort à Becquet, excepté qu'elle n'est seulement douce comme Becquet, mais aussi amère dont elle a pris le nom. Le pommier et son bois ressemble aussi au pommier de Becquet, et s'en fait le sidre en mesme temps. Ce sidre est des plus excellents, rouge et beau jusques à la seconde année; mais parce qu'il eschauffe fort et remplit le cerveau de vapeurs, on n'en doit boire sans le tremper de la moitié ou du tiers d'eau.

Couet, est une petite pomme à longue et mince queue, dont luy a esté imposé ce nom; blanche et odoriférante comme Becquet, mais un peu plus amère. Le pommier est rond et si fourni de bois qu'on n'y peut pénétrer. Le sidre se fait à la fin d'octobre, fort excellent et puissant, de couleur plus rouge que Becquet; mais Becquet se purifie mieux et est plus haut en couleur.

Cul-noué, fait sidre autant ou plus excellent que Couet; elle a la queue fort courte, et de là elle a pris son nom.

Pepin-percé, pomme verde et rouge, de grosseur médiocre, fort douce, mais peu succulente; le sidre en est clair et excellent; le pommier beau, croissant en haut et qui porte sonvent.

Nostre-Dame sauvage. Chez les héritiers du feu sieur d'Hérondeville, à Cardonville, il y a de plusieurs sortes de pommes excellentes à sidre; celle qu'ils appellent Nostre-Dame-Sauvage, fait sidre excellent. Le pommier croist en roue, et fleurit des premiers; la pomme en est ronde et grosse comme le poing, fort douce et assez succulente, rouge d'un côté, blanche de l'autre, dure et de laquelle on ne doit tirer le sidre plus tost que Noël; lequel demeure longuement trouble et espais; mais la seconde année il devient si clair et transparent et si doux qu'il s'en trouve peu de meilleur.

Pomme de Haze, longue et jaune, très-odoriférante, fait sidre grossier la première année, très-excellent la seconde, de couleur d'ambre; elle corrige les autres avec lesquelles on la mesle au pressoir. Sa fleur résiste fort bien aux injures de l'air.

Couille-Barbe, petite pomme rouge d'un costé, qui fait sidre fort excellent.

Germaine, fait sidre autant ou plus excellent, plaisant et délectable que j'en aye oncques veu entre ceux qui se purifient tost ; il est transparent, tirant de couleur d'ambre, plaisant à boire et fort vigoureux, et se garde un an bon et délicat.

Guault.— Monsieur d'Aignerville, près de Trévières, a du sidre que j'estime du tout semblable à celuy de Germaine ; il appelle néantmoins la pomme dont on le fait, pomme de *Guault*, et tient que elle n'est semblable à Germaine.

En l'abbaye de Longues, près Bayeux, et en tout le pays circonvoisin se trouvent ces suyvantes sortes de pommes bonnes à sidre :

Marin-Onfroy. Le pommier est de fort beau bois et touffu, plus large que haut, fort chargé de branches et si espais qu'il se deffend fort bien contre toute injure du temps ; il fleurit des premiers et rapporte de deux ans en deux ans. La pomme est ronde et rouge d'un costé ; le sidre est clair et transparent ; mais il se doit boire la première année ; autrement il devient sûr.

Doux de la Lande, ou *Blanc-Doux*, ou *Blanchet*, parce que les pommes sont blanches ; la première année le sidre de ces pommes demeure trouble et espais et se noircit au voirre ; la seconde, il devient clair et transparent, néantmoins doux et des plus excellents.

Doux-Dagorie, pomme moyenne, rouge d'un costé

et verde de l'autre ; laquelle approchant de sa matu-rité jaunit fort. Le sidre est beau et jaune ; mais il doit être beu la première année , parce qu'il s'aigrit aux chaleurs.

Hérouet, sidre excellent. La pomme est grosse et verde au pommier ; mais elle devient jaune et fort odoriférante en sa maturité ; elle est si tendre et si délicate que les mouches et oiseaux luy font la guerre ; le sidre n'en est prest à boire que six mois après la façon, et se garde bon un an ; mais il a ce vice de se noircir au verre. Le pommier de Hérouet fleurit tard ; mais il est de bon rapport.

Gros-doux, belle et grosse pomme douce, jaune, odoriférante et qui fait bon sidre.

Franche-Mariette, est une grosse pomme, tendre et blanche, qui a quelques taches rouges d'un costé et vient en maturité premier que la passe-pomme, et est aigre-douce. Ce sidre est excellent à la primeur, et de bon usage, parce qu'il est subtil et apéritif et peu vaporeux ; mais il n'est de garde.

Pomme de Dames fait bon sidre et des premiers prests à boire ; mais il ne se peut garder longuement.

Mennetot, pomme fort petite, de couleur rouge, entremeslée de blanc et fort douce, qui fait cidre moyen.

Coqueret. — Le pommier croist en rond, de moyenne grandeur et porte souvent ; la pomme est moyenne, presque toute rousse, au gros des bran-ches, fort douce, meure environ la Toussaint, et preste à sidrer à la fin de novembre. Le sidre est grossier et espais la première année ; la seconde, il est clair, citrin et transparent. Il y a un autre Coqueret verd qui est de peu de valeur.

Feuillu, pommier grand, ayant force feuilles, dont la pomme a esté ainsi appellée. La pomme est ronde, de grosseur moyenne et de couleur rousse, fort douce avec quelque apparence d'amertume, peu succulente, meure à la Toussaint et preste à sidrer en novembre. Le sidre est doux, gros et espais dès le commencement ; mais il se défèque, cuit et purifie si bien avec le temps qu'il est des plus estimez.

Doux-Veret, pomme tendre et douce, de moyenne grosseur, pointue, blanche et quelque peu rousse par le bas, et laquelle fait fort bon sidre.

Doux-Auvesque. — Chez le sieur de Montagu des Bois, à trois lieues de Coutances, on trouve des pommiers de Doux-Auvesque ; ils sont bas et estendus, et peuvent estre offensez en leurs boutons, mais la fleur venue, on se peut assurer qu'ils auront des pommes. La pomme est de la grosseur d'une moyenne orange, blanche, rouge d'un costé, douce et tendre, preste à cueillir sur la fin du mois d'août. Le sidre en est doux et fort bon et se garde deux ans.

Sapin. — Ce pommier croist en haut et en forme d'un sapin ; les pommes sont longuettes, blanches d'un costé, et rouges de l'autre, meures en septembre. Le sidre se défèque fort bien et se garde bon deux ans.

Trochet, pomme de la grosseur d'une grosse noix ou plus, blanche et fort douce, laquelle on nomme

Trochet ou *Troquet*, parce qu'elle est ès branches du pommïer par grappes qu'ils appellent ainsi. Le sidre est clair et transparent, de couleur d'ambre , lorsqu'il est en sa maturité. Il devient sûr la seconde année.

Gay, pomme douce avec quelque petite amertume, petite, blanche d'un costé, rousse de l'autre, preste à sidrer à la fin de septembre ; elle a peu de jus et le cidre est amer, trouble et espais, et se noircit tost au verre, la première année ; mais la seconde, il se clarifie tellement, qu'il devient clair, transparent, de couleur d'ambre, doux et plaisant ; il se garde jusques à la troisième et quatrième année. Le pommier est beau et de grandeur moyenne.

Cappe, pomme ronde, de la grosseur d'un estœuf, rougo d'un costé, tirant sur le blanc de l'autre ; elle vient par grappes, quinze ou vingt pommes en la grappe, et est meure à la Toussaint pour le plus tard. Le sidre est clair dès le commencement ; néantmoins il se garde bon jusques à la deuxième année, et si le terroir est gras, jusques à la quatrième. Le pommier est fort espais de branches en roue, et se charge si bien de fruict qu'un seul en peut porter une pipe.

Ozane, il y en a deux espèces, l'une moyenne, l'autre grosse. La petite est douce, verde du commencement, puis blanche, et enfin citrine, marquée de quelques taches rouges , tardive à venir en maturité. Le sidre est de couleur d'ambre, doux, clairet et transparent ; il se garde bon jusques à la deuxième année, et si d'aventure, il surit l'esté, les chaleurs passées, il retourne en son naturel. La grosse Ozane fait fort bon sidre, et se trouve à Beuzeville, au lieu de feu Petitpas.

Massue, pomme grosse et douce, rouge d'un costé, et verde de l'autre; on en tire le sidre viron la Toussaint, lequel est gros, doux et de grande nourriture, et ne s'esclaircit qu'il ne soit la seconde année. Le pommier est grand et beau et charge fort.

Guyboure ou *Guybou,* pomme douce qui fait bon sidre; elle est fort verde et quelque peu rouge par endroits. Le pommier est petit et rond.

Varaville, Pomme verde, de la grosseur et rondeur d'un œuf, douce, meure à la Toussaint. Le sidre en est fort doux et haut en couleur, vaporeux et puissant, qui se garde bien deux ans ou plus. Le pommier est moyen, mais de grand rapport.

Barberic ou *Barberie,* pomme grosse et ronde, verde d'un costé, tachée de rouge de l'autre, douce et bonne à manger, estant en sa maturité. Le sidre du commencement est rude, gros et mal plaisant, et se noircit au verre; mais la seconde année, il devient clair et fort excellent, principalement s'il est corrigé de meslange de pommes sûres. Le pommier est assez grand et de bon rapport; mais il est facilement offensé des brouées et frimâts.

Barberiot, diminutif de Barberic; le pommier est plus petit et la pomme aussi, mais il charge plus souvent et fait meilleur sidre.

Pomme de Saux, longue, verde et costelée, douce,

peu amère. Elle fait fort bon sidre, de couleur d'ambre et de bonne garde. Le pommier est de bonne grandeur.

Doux-Martin, pomme longuette, blanche, eslevée par costes, meure à la Sainct-Michel, douce, peu succulente ; le sidre en est doux, jaune, excellent la première et la seconde année, prest à boire à la St-Jean.

Pomme de Renouvellet. Le sieur du Breuil, en Auge, près le Pont-l'Évesque, a des pommes qu'ils appellent *Renouvellet*. Le pommier est beau, de moyenne grandeur et de menu bois ; la pomme n'excède la grosse d'un estœuf ; on la fait cueillir en aoust, pour en faire le sidre en septembre, qui est grossier, doux et fumeux les deux premiers mois, s'il est fait sans eau ; mais sur le troisième il se clarifie et vient assez beau, de couleur rousse, ou entre orengé et roux. On le boit à la primeur, sçavoir dans le deuxième ou troisième mois où pour cette cause on l'a nommé *Renouvellet*. J'en ay veu toutes fois garder six ou sept mois en sa bonté, chez ledit sieur du Breuil. Il est si chaud et vaporeux les premiers mois qu'il enyvre plus que le vin, si on le boit sans eau.

Guillot-Roger, fait sidre très-excellent et si plaisant qu'il semble estre aromatizé de canelle.

Peau de Vieille, pomme belle, rouge d'un costé et blanche de l'autre, duquel elle est un peu ridée. Le sidre s'en fait à la my-septembre, sans garder la pomme plus de dix ou douze jours au grenier et est des premiers déféquez.

Roussette ou *Oignonnet*, ronde comme un oignon et rousse ; elle fait très bon sidre et de garde.

Bedengue, fait sidre doux, délicat et jaune, qui est déféqué après Pasques.

Boullemont, pomme douce et longuette, marquetée de roux par la teste ; le sidre en est doux, clair et bon ; le pommier beau et large.

Sauger-blanc, pomme douce et tendre et de longue garde. Le pommier ne porte qu'il n'ait six ans, pommier qui se deffend contre toute injure du temps ; mais il ne porte que de deux ans en deux ans.

Douce-ente, croist en haut comme sapin du commencement ; mais il se dilate fort par après. La pomme est grosse, blanche d'un costé et rouge de l'autre, douce et succulente, le sidre doux et clair estant purifié ; mais sa couleur n'est bien vive ni haute, ains obscure ; il se fait à la Toussaint, et se garde bon jusques à l'aoust seulement.

Amelot, est une petite et assez grosse pomme ; elle fait sidre jaune et quelque peu rouge, de fort bonne odeur, amère-douce, meure en septembre, et preste à sidrer en la fin dudit mois, ou au commencement d'octobre, et bientôt après déféqué, de sorte qu'on peut commencer à en boire à la Saint-Michel, et néantmoins d'autant qu'il a beaucoup de force et de vigueur, il se peut garder bon un an entier.

Tard-fleury. Le pommier est assez grand et de beau bois ; il fleurit au mois de may pour le plus tost, quelquefois en juin. Il porte tous les ans ; la pomme est grosse comme un est œuf et fort douce, et le sidre assez bon et fort clair et de belle couleur.

Acoup-Venant, pommier fort beau, qui vient tost en perfection, et duquel la greffe se peut enter en sève, mesme sur autres arbres vieux ; de sorte que c'est celuy de tous qui reprend et profite mieux enté en sève. La pomme est belle et grosse, rougette d'un costé ; le sidre bon, doux, délicat et fort clair.

Freschin, pomme douce-amère, fait sidre excellent jusques à la troisième année, et se deffend bien la fleur contre les injures du ciel ; le pommier porte dès la deuxième année, et souvent. »

Chemin faisant, notre auteur indique un moyen pour faire du cidre de bonne garde : « Le sidre de pommes douces qu'on veut garder pour la seconde ou troisième année, se doit faire de pommes qui ne soyent exactement meures ; il en sera plus rude la première année ; mais il se meurira au vaisseau, et se cuira peu à peu, comme eust fait la pomme au grenier, et sera excellent la seconde, et n'aura tant de fèces (*lie*) que celuy qui sera fait de pommes trop meures. »

Il indique aussi le moyen *de faire changer la mauvaise odeur d'un vaisseau où l'on met sidre* : « Prenez le marc de sidre tiré de nouveau à la presse, et en emplez le vaisseau, y laissant deux jours ledit marc, puis le rejetez en la cuve pour faire du petit sidre. Réitérez cela par trois fois, et vous aurez le vaisseau fort bon ; car le marc s'eschauffant au vaisseau en tirera l'odeur vicieuse quelque qu'elle soit. »

Le chapitre ix est consacré à *l'usage du sidre*. — *Le sidre est propre pour les enfants.* — *Le sidre est meilleur pour les malades que le vin.*

Le chapitre x s'occupe de l'usage du vin, et *à quelles aages, complexions et maladies on le doit préférer au sidre.*

Le chapitre xi traite *des vices des mauvais sidres.*

Le chapitre xii est une *Response aux calomniateurs du sidre.*

Le chapitre xiii indique *quelle difference il y a entre l'aigreur des vins et la sureur des sidres.*

Le chapitre xiv dit que *l'usage du sidre rend la vie de l'homme plus longue que celuy du vin :* « Le vin est entaché et déshonoré de ce vice d'abréger la vie de l'homme bien sain, qui en use sans le corriger, plus ou moins, selon que sa propre température le requiert. Il fortifie et resjouit l'homme, et rend sa vie plus gaillarde, mais il avance sa ruine et destruction par l'excez de ses qualitez, si on n'en use fort sobrement. Il advient donc à l'homme qui fait grand usage du vin sans eau, un tel malheur qu'on voit tomber sur les arbres, au pied desquels on met de la chaux vive pour les eschauffer et avancer. Ils en sont si bien fortifiez et resjouis la première année qu'ils semblent rire aux hommes, produisant feuilles, boutons, fleurs et fruicts en plus grande abondance et beaucoup plus tost que les autres ; mais ayant ainsi jetté et poussé à la fois toute leur sève et vigueur, ils se dessèchent et meurent l'année suyvante, ou pour le moins ils demeurent sans force et sans vigueur.

Le sidre a deux causes de nostre conservation.

L'une est sa température chaude et humide, et partant conservatoire de la nostre, à laquelle elle est fort familière et presque semblable ; l'autre son humidité alimentaire qui nourrit et entretient nostre humidité radicale.

Le chapitre xv est relatif aux *sidres artificiels*. J. de Paulmier n'en parle pas : c'est une addition de Jacques de Cahaignes.

Le chapite xvi traite *du poiré et de son naturel*, et le xviie et dernier, de la *bière* : « Toute bière double, dit notre auteur, est de grande nourriture et bien propre pour tout homme de peine et de travail : elle pourroit aussi estre permise quelques jours, pour le moins au premier traict du repas à ceux qui auroyent besoin d'estre renourriz et rengraissez, pour estre trop attenuez ou par longue abstinence et diettes ou par longues maladies chaudes et sèches, mesme pour humecter ceux qui sont de nature secs et arides, à cause de leur foye chaud et sec..... La bière a ceste grande et fascheuse incommodité de remplir le corps d'excrémens, la plus part froids, mélancholiques, ou pituiteux, dont sont faites grandes obstructions et d'icelles grand nombre de maladies, la plus part froides, pituiteuses et mélancholiques. Il y a plus, c'est qu'elle ne rend pas seulement toute l'habitude du corps pesante et mélancholique, mais aussi l'esprit plus lourd, plus tardif et grossier. »

(Extrait des Mémoires de la Société d'Agriculture,
Sciences et Arts de Bayeux.)

Bayeux — Imprimerie de St.-Ange Duvant fils et Comp.

www.ingramcontent.com/pod-product-compliance
Lightning Source LLC
LaVergne TN
LVHW021658170726
843501LV00007B/2638